AF619903

VENTE

DES

ŒUVRES DE FEU BARYE

La vente des bronzes et esquisses de cire et de plâtre de Barye a produit en tout 44,300 fr.

Au nombre des bronzes qui se sont le mieux vendus, citons un *Thésée combattant le Minotaure*, 3,200 francs ; *Jaguar dévorant un lièvre*, 2,900 francs; *Tigre dévorant un lion*, 2,000 francs.

La vente continuera aujourd'hui.

***

l'année 760 de Rome. Cette découverte est d'autant plus précieuse qu'elle sert à compléter les renseignements que donne un autre fragment conservé au Capitole, lequel commence en l'an 761. Les noms sont gravés sur une pierre qui devait servir de revêtement à un édifice; on l'a transportée au musée de Kircher.

CORRESPONDANCE

—

La châsse de Sainte Marthe.

Monsieur le Directeur,

Dans votre numéro 39 de la *Chronique des Arts* vous avez publié une notice sur un tableau exposé tout récemment au musée de Cluny et qui serait la copie d'un buste de la Vierge couronnée, donné par le roi Louis XI. Permettez-moi de rectifier et de compléter cette notice par quelques détails qui pourront intéresser vos lecteurs.

Le tableau en question représente en réalité — je m'en suis assuré de mes propres yeux il y a quelques jours — la châsse de sainte Marthe, patronne de Tarascon, telle qu'elle existait avant la Révolution, dans l'église Sainte-Marthe de cette ville. Cette châsse, la plus riche peut-être de toute la France, pesait *cent un marcs six onces;* elle était toute en or de ducats de 23 carats. Elle avait été donnée à l'église Sainte-Marthe par le roi Louis XI, qui l'avait fait exécuter par André Mangot, orfèvre de Tours. Commencée en 1473, elle ne fut terminée que quinze ans après. C'était, au dire des contemporains et de tous ceux qui l'ont vue, un véritable chef-d'œuvre d'orfèvrerie, d'un travail admirable. La châsse se composait de deux parties : le buste, qui contenait le chef de sainte Marthe; et la base, qui représentait une galerie de forme ovale, divisée, dans son pourtour, par de petites colonnettes et par de riches contre-forts surmontés de cintres en ogive. Ces cintres formaient autant de tableaux, émaillés de noir sur or, qui représentaient chacun un trait de la vie de sainte Marthe. On voyait au bas la statuette du roi Louis XI à genoux, couvert d'un long manteau parsemé de fleurs de lys, et on y lisait cette inscription : *Rex Fracorum Ludovicus undecimus hoc fecit fieri opus anno D'ni MCCCCLXXIII.*

A la Révolution, cette châsse fut enlevée de l'église et détruite. Il en existe deux reproductions au trésor de Sainte-Marthe; l'une, plus ancienne, en bois doré, qu'on porte dans les processions; l'autre, toute moderne, en cuivre ciselé, d'un beau travail. Ces reproductions ont été faites d'après d'anciens tableaux, dont il existe un grand nombre à Tarascon. La châsse a été gravée plusieurs fois. En 1628, Conche en fit une assez mauvaise gravure dont on voit un exemplaire au Cabinet des estampes de la Bibliothèque nationale à Paris. Il est probable que le tableau du musée de Cluny n'est que la copie de cette gravure.

Agréez, monsieur le Directeur, etc.

L. C.

MOUVEMENT DES ARTS

—

ŒUVRES DE FEU BARYE.

Ventes des 7, 8, 9, 10, 11 et 12 février 1876.

Me Charles Pillet, commissaire-priseur.

MM. Durand-Ruel et Wagner, experts.

PEINTURES DE DIVERS ARTISTES

Corot. — Paysage, étude, 1.410 fr.
Th. Rousseau. — Rochers, étude, 530 fr.

TABLEAUX DE BARYE

Gouguar guettant un oiseau, 600 fr.
Tigre au repos, 1.500 fr.
Jaguar marchant, 3.000 fr.
Lionnes au repos, 900 fr.
Tigre dormant, 1.160.
Tigre au repos, 1.700 fr.
Tigre au repos, 1.065 fr.
Combat de tigres, 1.250 fr.
Tigre au repos, 1.720 fr.

AQUARELLES

Lion, 700 fr.
Tigre jouant, 500 fr.
Eléphants, 580 fr.
Jaguar mangeant, 500 fr.
Tigre altéré, 700 fr.
Ours, 800 fr.
Lion marchant, 710 fr.
Eléphant monté par des Indiens, chasse au tigre, 800 fr.
Tigre au repos, 510 fr.
Lion au repos, 510 fr.
Chien lancé, 1.500 fr.
Tigre couché, 2.500 fr.

BRONZES

Angélique et Roger montés sur l'hippogriffe, 1.220 fr.
Thésée combattant le Minotaure, 1.410 fr.
Tigre surprenant une antilope, 1.900 fr.
Panthère saisissant un cerf, 2.030 fr.
Lièvre effrayé, 505 fr.
Eléphant de la Cochinchine, 625 fr.
Eléphant du Sénégal, 1.000 fr.
Cerf dix-cors terrassé par deux lévriers d'Écosse 500 fr.
Centaure et Lapithe, 600 fr.
Jaguar dévorant un lièvre, 2.900 fr.

BRONZES FONDUS SUR LE PLATRE AYANT SERVI DE MODÈLE

Thésée combattant le Minotaure, 3.200 fr.
Cerf dix-cors terrassé par deux lévriers, 810 fr.
Tigre dévorant une gazelle, 660 fr.
Daim, 2.000 fr.
Jaguar dormant, 505 fr.
Panthère de l'Inde, 630 fr.
Panthère de Tunis, 600 fr.
Cavalier du moyen âge (bronze inédit), 520 fr.
Daim terrassé par trois lévriers d'Algérie (bronze inédit); Daim terrassé par trois lévriers d'Algérie, (modèle en plâtre), 780 fr.

SCULPTURE PLATRE

La Guerre, exécutée en pierre, cour du Louvre, 1.350 fr.

La Paix, exécutée en pierre, cour du Louvre, 1,100 fr.

ESQUISSES PLATRE

La Force protégeant le Travail, 600 fr.

L'Ordre protégeant les Nations industrielles et savantes, 1.100 fr.

Tigre et cerf, exécutés en pierre pour la ville de Marseille, 720 fr.

Lion et sanglier, exécutés en pierre pour la ville de Marseille, 530 fr.

ESQUISSES CIRE

Tigre en fureur, 650 fr.
Tigre saisissant un pélican, 635 fr.
Tigre saisissant un paon, 940 fr.

MODÈLES EN BRONZE

Cerf dix-cors terrassé par deux lévriers d'Ecosse, 900 fr.

Tigre surprenant une antilope (deux terrasses), modèle en bronze avec son plâtre, 24.000 fr.

Thésée combattant le Minotaure, 5.050 fr.
Jaguar dévorant un agouti, 780 fr.
Deux jeunes ours combattant, 600 fr.
Lion qui marche, 890 fr.
Tigre qui marche, 1.300 fr.
Taureau debout, 800 fr.
Lionne du Sénégal, 1.000 fr.
Jaguar dévorant un crocodile, 820 fr.
Jaguar qui marche, 510 fr.
Idem, 700 fr.
Jaguar debout, 710 fr.
Lion, dévorant une biche, 500 fr.
Loup tenant un cerf à la gorge, 910 fr.
Cerf du Gange, 500 fr.
Cerf la jambe levée, 600 fr.

Lion au serpent. Esquisse du lion des Tuileries, 670 fr.

Lion qui marche, 1.800 fr.
Tigre qui marche, 2.350 fr.
Cheval surpris par un lion, 1.280 fr.
Lion assis, 1.050 fr.
Ours debout nº 1. — Id. nº 2, 730 fr.
Dromadaire harnaché d'Egypte, 735 fr.

Indien monté sur un éléphant. — Éléphant écrasant un tigre, 1.250 fr.

Lion dévorant un guib, 520 fr.

Taureau surpris par un tigre.— Taureau cabré, 1.010 fr.

Éléphant de la Cochinchine, 600 fr.
Éléphant du Sénégal, 650 fr.
Chien basset, 700 fr.
Le général Bonaparte (statuette équestre), 700.
Piqueur, costume Louis XV, 700 fr.
Cavalier du Caucase, 570 fr.
Gaston de Foix, 1,020 fr.

Un lot comprenant : aigle tenant un héron, sur rochers, et un socle faisant garde-feu, 1.150 fr.

Un lot comprenant : un tigre dévorant un gavial nº 1, et un dito nº 2, 7.200 fr.

Un lot comprenant : un dromadaire d'Algérie nº 1 et un dito nº 2, 650 fr.

Lion au serpent, 2.150 fr.

Un lot comprenant : un cheval turc nº 1 ; dito nºs 2 et 3, 1,120 fr.

Un lot comprenant : une panthère de l'Inde nº 1 et une dito nº 2, 600 fr.

Un lot comprenant : une panthère de Tunis nº 1 et une dito nº 2, 670 fr.

Un lot comprenant Thésée combattant le Centaure, 7.100 fr, avec son socle.

Un lot comprenant un guerrier tartare avec son socle, 3.600 fr.

Un lot comprenant : une famille de daims ; une famille de cerfs ; un cerf dépouillant ses bois ; un milan emportant un lièvre, servant à faire un candélabre ; plus, un cerf aux écoutes ; une biche couchée avec faon et deux terrasses, 4.100 fr.

Un lot comprenant : Charles VII sur son socle ; un candélabre Renaissance ; un flambeau bout de table, dito ; un flambeau dito ; une coupe et deux bougeoirs, dito, 3.300 fr.

Un lot comprenant : chiens épagneuls et braques en arrêt devant des oiseaux, formant quatre groupes, plus deux terrasses, 1.050 fr.

Jaguar dévorant un lièvre, 7.900 fr.

Un lot contenant : Angélique et Roger sur l'hippogriffe, sur socle, un candélabre d'accompagnement et un brûle parfums-chimère, 1.500 fr.

Panthère saisissant un cerf, sur terrasse avec profils, 5.000 fr.

Total de la vente : 246.890 fr.

VENTES PROCHAINES

COLLECTION DE M. LE PRINCE S...

Samedi et dimanche, 26 et 27 février, exposition, à l'hôtel Drouot, salle n. 8, des dessins et aquarelles anciens et modernes dépendant de la collection de M. le prince S... On y trouvera de charmants Bellangé, des Bertall, un superbe Bonnington, de spirituels Daumier ; des chats de Delacroix, une *Italienne* de Fortuny, un Francia, un Gavarni exceptionnel « *Jalouret, vous êtes un polisson!* » des Moutons de M. Jacque, un Pâturage de E. Van Marcke ; *la Gardeuse d'oies*, de Millet ; *la Distribution des vivres*, par Pils, dont le tableau est au Luxembourg ; un *Sergent*, de Raffet ; quatre magnifiques paysages de Th. Rousseau ; trois Troyon ; *la Mère de famille*, par Ary Scheffer, etc., etc.

Parmi les anciens, des morceaux remarquables de Boucher, Challe, Fragonard, Claude Lorrain, Constable, Granet, Greuze, Hobbema, Hubert-Robert, Watteau et Prud'hon.

Vente, le lundi 28 février, par le ministère de Mº Ch. Pillet, assisté de M. Féral.

BIBLIOGRAPHIE

Le casque de Berru, par M. Alexandre Bertrand. In-8º de 12 pages avec planches. Didier et Cº, Paris, 1875.

Comme le mémoire sur *l'art de l'émaillerie* chez les Eduens, celui-ci nous plonge en pleine

CATALOGUE

DES

ŒUVRES DE FEU BARYE

BRONZES

AQUARELLES — TABLEAUX

CIRES, TERRES CUITES, MARBRES, PLATRES

MODÈLES

AVEC DROIT DE REPRODUCTION

Dépendant de la Succession de M. BARYE

DONT LA VENTE AURA LIEU

HOTEL DROUOT, SALLES Nos 8 & 9,

Les Lundi 7, Mardi 8, Mercredi 9, Jeudi 10,
Vendredi 11 et Samedi 12 Février 1876,

A UNE HEURE ET DEMIE

Par le ministère de Me **CHARLES PILLET**, Commissaire-Priseur,
10, rue de la Grange-Batelière,

Assisté de **M. DURAND-RUEL**, Expert, 16, rue Laffitte,

Et de **M. WAGNER** fils, 2 bis, passage Vaucouleurs,

Chez lesquels se trouve le présent Catalogue.

EXPOSITIONS { **PARTICULIÈRE**: le Samedi 5 Février 1876,
PUBLIQUE: le Dimanche 6 Février 1876.

CONDITIONS DE LA VENTE

La vente se fait au comptant.

L'acquéreur payera *cinq pour cent* en sus des enchères applicables aux frais.

Paris. — Imp. de PILLET fils aîné, 5, rue des Grands-Augustins.

DÉSIGNATION

PEINTURES

1 — Lion mangeant. Haut., 10 cent.; larg., 20 cent.

2 — Lion dévorant un sanglier. Haut., 19 cent.; larg., 24 cent.

3 — Forêt de Fontainebleau. Haut., 23 cent.; larg., 32 cent.

4 — Forêt de Fontainebleau. Jean de Paris. Haut., 25 cent.; larg., 31 cent.

5 — Intérieur de forêt. Cerf. Haut., 23 cent.; larg., 32 cent.

6 — Forêt de Fontainebleau. Haut., 25 cent.; larg., 31 cent.

7 — Forêt de Fontainebleau. Haut., 25 cent.; larg., 32 cent.

8 — Forêt de Fontainebleau. Point de vue des gorges d'Apremont. Haut., 18 cent.; larg., 30 cent.

9 — Forêt de Fontainebleau. Haut., 16 cent.; larg., 31 cent.

10 — Forêt de Fontainebleau. Haut., 16 cent.; larg., 25 cent.

11 — Forêt de Fontainebleau. Haut., 15 cent.; larg., 31 cent.

12 — Forêt de Fontainebleau. Haut., 16 cent.; larg., 28 cent.

13 — Forêt de Fontainebleau. Haut., 14 cent.; larg., 24 cent.

14 — Forêt de Fontainebleau. Haut., 14 cent.; larg., 26 cent.

15 — Forêt de Fontainebleau. Haut., 20 cent.; larg., 30 cent.

16 — Forêt de Fontainebleau. Jean de Paris. Haut., 20 cent.; larg., 30 cent.

17 — Forêt de Fontainebleau. Haut., 25 cent.; larg., 31 cent.

18 — Forêt de Fontainebleau. Haut., 22 cent.; larg., 28 cent.

19 — Forêt de Fontainebleau. Jean de Paris. Haut., 18 cent.; larg., 24 cent.

20 — Intérieur de forêt. Haut., 25 cent.; larg., 30 cent.

21 — Cerf bramant. Haut., 24 cent.; larg., 33 cent.

22 — Étude de cerf. Haut., 24 cent.; larg., 33 cent.

23 — Boa enlaçant un chevreuil. Haut., 24 cent.; larg., 33 cent.

24 — Forêt de Fontainebleau. Haut., 25 cent.; larg., 32 cent.

25 — Forêt de Fontainebleau. Haut., 24 cent.; larg., 26 cent.

26 — Forêt de Fontainebleau. Haut., 19 cent.; larg., 31 cent.

27 — Forêt de Fontainebleau. Carrefour de l'Épine. Haut., 19 cent.; larg., 30 cent.

28 — Forêt de Fontainebleau. Jean de Paris. Haut., 14 cent.; larg., 24 cent.

29 — Forêt de Fontainebleau. Haut., 13 cent.; larg., 32 cent.

30 — Forêt de Fontainebleau. Haut., 14 cent.; larg., 23 cent.

31 — Forêt de Fontainebleau. Haut., 11 cent.; larg., 31 cent.

32 — Forêt de Fontainebleau. Jean de Paris. Haut., 14 cent.; larg., 24 cent.

33 — Forêt de Fontainebleau. Coucher de soleil. Haut., 10 cent.; larg., 31 cent.

34 — Forêt de Fontainebleau. Haut., 15 cent.; larg., 13 cent.

35 — Forêt de Fontainebleau. Haut., 10 cent.; larg., 12 cent.

36 — Forêt de Fontainebleau. La Roche brisée. Haut., 15 cent.; larg., 32 cent.

37 — Intérieur de forêt. Cerf et biches. Haut., 20 cent.; larg., 32 cent.

38 — Gouguar guettant un oiseau. Haut., 25 cent.; larg., 31 cent.

39 — Forêt de Fontainebleau. Coucher de soleil. Haut., 19 cent.; larg., 29 cent.

40 — Forêt de Fontainebleau. Haut., 20 cent.; larg., 30 cent.

41 — Forêt de Fontainebleau. Haut., 14 cent.; larg., 23 cent.

42 — Forêt de Fontainebleau. Haut., 18 cent.; larg., 24 cent.

43 — Forêt de Fontainebleau. Haut., 16 cent.; larg., 25 cent.

44 — Forêt de Fontainebleau. Jean de Paris. Haut., 20 cent.; larg., 30 cent.

45 — Forêt de Fontainebleau. La Reine Blanche. Haut., 30 cent.; larg., 39 cent.

46 — Forêt de Fontainebleau. Haut., 30 cent.; larg., 38 cent.

47 — Forêt de Fontainebleau. Haut., 30 cent.; larg., 39 cent.

48 — Forêt de Fontainebleau. Jean de Paris. Haut., 30 cent.; larg., 39 cent.

49 — Forêt de Fontainebleau. Le Rageur. Haut., 30 cent.; larg., 39 cent.

50 — Forêt de Fontainebleau. Carrefour de l'Épine. Haut., 30 cent.; larg., 39 cent.

51 — Tigre au repos. Haut., 25 cent.; larg., 32 cent.

52 — Forêt de Fontainebleau. Haut., 30 cent.; larg., 39 cent.

53 — Forêt de Fontainebleau. Haut., 30 cent.; larg., 39 cent.

54 — Forêt de Fontainebleau. Haut., 26 cent.; larg., 40 cent.

55 — Forêt de Fontainebleau. Haut., 30 cent.; larg., 39 cent.

56 — Forêt de Fontainebleau. Le Dormeur. Haut., 30 cent.; larg. 38 cent.

57 — Forêt de Fontainebleau. Le Vallon d'Apremont. Haut., 30 cent.; larg., 39 cent.

58 — Forêt de Fontainebleau. Haut., 30 cent.; larg., 39 cent.

59 — Cerf dans les bois. Haut., 26 cent.; larg., 35 cent.

60 — Intérieur de forêt. Cerf. Haut., 30 cent.; larg., 30 cent.

61 — Forêt de Fontainebleau. La Route Marie-Thérèse. Haut., 30 cent.; larg., 39 cent.

62 — Forêt de Fontainebleau. Haut., 38 cent.; larg., 30 cent.

63 — Forêt de Fontainebleau. Rochefort. Haut., 30 cent.; larg., 39 cent.

64 — Jaguar marchant. Haut. 38 cent.; larg., 46 cent.

65 — Lionnes au repos. Haut., 39 cent.; larg., 49 cent.

66 — Lion au repos. Haut., 32 cent.; larg., 42 cent.

67 — Tigre dormant. Haut., 32 cent.; larg., 42 cent.

68 — Lion en arrêt contre un serpent boa. Haut., 32 cent.; lrrg., 40 cent.

69 — Intérieur de forêt. Biches. Haut., 26 cent.; larg., 44 cent.

70 — Forêt de Fontainebleau. Haut., 20 cent.; larg., 31 cent.

71 — Forêt de Fontainebleau. Jean de Paris. Haut., 30 cent.; larg., 19 cent.

72 — Intérieur de forêt. Biches. Haut., 22 cent.; larg., 31 cent.

73 — Forêt de Fontainebleau. Haut., 25 cent.; larg., 32 cent.

74 — Forêt de Fontainebleau. Haut., 31 cent.; larg., 25 cent.

75 — Intérieur de forêt. Haut., 24 cent.; larg., 32 cent.

76 — Forêt de Fontainebleau. Haut., 25 cent.; larg., 32 cent.

77 — Forêt de Fontainebleau. Haut., 25 cent.; larg., 32 cent.

78 — Tigre au repos. Haut., 25 cent.; larg., 33 cent.

79 — Forêt de Fontainebleau. Le Bodmer. Haut., 32 cent.; larg., 25 cent.

80 — Intérieur de forêt. Biches. Haut., 23 cent.; larg., 31 cent.

81 — Le Christ mort dans les bras de Dieu le Père. Haut., 21 cent.; larg., 25 cent.

82 — Combat de cerfs. Haut., 25 cent.; larg., 31 cent.

83 — Gouguar dévorant une biche. Haut., 26 cent.; larg., 33 cent.

84 — Tigre au repos. Haut., 24 cent.; larg., 32 cent.

85 — Intérieur de forêt. Cerfs dix cors. Haut., 26 cent.; larg., 35 cent.

86 — Cerf et biche. Haut., 27 cent.; larg., 32 cent.

87 — Forêt de Fontainebleau. Rochefort. Haut., 25 cent.; larg., 36 cent.

88 — Intérieur de forêt. Biche courant. Haut., 27 cent.; larg., 35 cent.

89 — Forêt de Fontainebleau. Haut., 32 cent.; larg., 25 cent.

90 — Intérieur de forêt. Biches. Haut., 25 cent.; larg., 31 cent.

91 — Forêt de Fontainebleau. Haut., 19 cent.; larg., 39 cent.

92 — Intérieur de forêt. Biches au repos. Haut., 27 cent.; larg., 35 cent.

93 — Forêt de Fontainebleau. Haut., 30 cent.; larg., 39 cent.

94 — Combat de tigres. Haut., 50 cent.; larg., 61 cent.

95 — Tigre au repos. Haut., 49 cent.; larg., 1 m. 15 cent.

96 — Trois Etudes d'animaux, d'après des maîtres anciens.

97 — Trois Etudes, d'après des maîtres anciens.

98 — Trois Etudes, d'après des maîtres anciens.

99 — Quatre Etudes, d'après des maîtres anciens.

PEINTURES

DE DIVERS ARTISTES

100 — Corot. — Paysage, étude. Haut., 35 cent.; larg., 25 cent.

101 — Diaz. — Paysage, étude. Haut., 32 cent.; larg., 40 cent.

102 — Th. Rousseau. — Rochers, étude. Haut., 28 cent.; larg., 45 cent.

103 — Th. Rousseau. — Paysage et rochers, étude. Haut., 30 cent.; larg., 43 cent.

AQUARELLES

104 — Tigre au repos. Haut., 20 cent.; larg., 30 cent.

105 — Lion dévorant une proie. Haut., 19 cent.; larg., 27 cent.

106 — Tigre couché. Haut., 17 cent.; larg., 27 cent.

107 — Guépard marchant. Haut., 18 cent.; larg., 26 cent.

108 — Lionne dévorant une gazelle. Haut., 17 cent.; larg., 27 cent.

109 — Cheval, intérieur de forêt. Haut., 10 cent.; larg., 15 cent.

110 — Serpent enroulé. Haut., 10 cent.; larg., 21 cent.

111 — Serpent enroulé. Haut., 10 cent.; larg., 15 cent.

112 — Tigre dévorant un homme. Haut., 15 cent.; larg., 25 cent.

113 — Biche couchée. Haut., 19 cent.; larg., 28 cent.

114 — Lion. Haut., 23 cent.; larg., 37 cent.

115 — Deux chats sauvages. Haut., 25 cent.; larg., 32 cent.

116 — Tigre. Haut., 26 cent.; larg., 34 cent.

117 — Crocodiles. Haut., 27 cent.; larg., 37 cent.

118 — Sanglier. Haut., 26 cent.; larg., 35 cent.

119 — Panthère noire. Haut., 25 cent.; larg., 31 cent.

120 — Buffles. Haut., 18 cent.; larg., 36 cent.

121 — Chevaux morts. Haut., 26 cent.; larg., 35 cent.

122 — Jeune lion. Haut., 27 cent.; larg., 35 cent.

123 — Jaguar s'élançant. Haut., 25 cent.; larg., 31 cent.

124 — Jaguar dévorant une biche. Haut., 24 cent.; larg., 30 cent.

125 — Tigre jouant. Haut., 30 cent.; larg., 31 cent.

126 — Caracal mangeant un faisan. Haut., 25 cent.; larg.,

141 — Lion et lionne. Haut., 16 cent.; larg., 25 cent.

142 — Tigre jouant. Haut., 17 cent.; larg., 26 cent.

143 — Serpent enroulé. Haut., 14 cent.; larg., 21 cent.

144 — Paysage, ébauche. Haut., 16 cent.; larg., 25 cent.

145 — Vautour mangeant. Haut., 15 cent.; larg., 21 cent.

146 — Gazelles couchées. Haut., 20 cent.; larg., 27 cent.

147 — Cerf et biche aux aguets. Haut., 21 cent.; larg., 29 cent.

148 — Buffles. Haut., 19 cent.; larg., 28 cent.

149 — Biches au repos. Haut., 11 cent.; larg., 21 cent.

150 — Biche. Haut., 21 cent.; larg., 25 cent.

151 — Panthère noire à l'affût. Haut., 15 cent.; larg., 20 cent.

152 — Tigre altéré. Haut., 29 cent.; larg., 40 cent.

153 — Boa au repos. Haut., 31 cent.; larg., 49 cent.

154 — Deux lions au repos. Haut., 29 cent.; larg., 46 cent.

155 — Boa au repos. Haut., 30 cent.; larg., 50 cent.

156 — Ours. Haut., 29 cent.; larg., 40 cent.

157 — Éléphant. Haut., 28 cent.; larg., 39 cent.

158 — Lion marchant. Haut., 29 cent.; larg., 40 cent.

159 — Biches au repos. Haut., 29 cent.; larg., 40 cent.

160 — Cerf et biches. Soleil couchant. Haut., 29 cent.; larg., 40 cent.

161 — Gouguar. Haut., 29 cent.; larg., 40 cent.

162 — Éléphant monté par des Indiens, chasse au tigre. Haut., 50 cent.; larg., 70 cent.

163 — Éléphant monté par des Indiens, chasse au tigre. Haut., 48 cent.; larg., 64 cent.

164 — Tigre au repos. Haut., 39 cent.; larg., 56 cent.

165 — Lion au repos. Haut., 39 cent.; larg., 56 cent.

166 — Lion couché. Haut., 34 cent.; larg., 51 cent.

167 — Tigre dévorant un cheval. Haut., 21 cent.; larg., 31 cent.

168 — Chien lancé. Haut., 24 cent.; larg., 32 cent.

169 — Lion au repos. Haut., 18 cent.; larg., 28 cent.

170 — Tigre s'étirant. Haut., 18 cent.; larg., 28 cent.

171 — Jaguar dévorant une gazelle. Haut., 17 cent.; larg., 26 cent.

172 — Paysage, ébauche. Haut., 16 cent.; larg., 25 cent.

173 — Boa enroulé. Haut., 18 cent.; larg., 25 cent.

174 — Tigre couché. Haut., 32 cent.; larg., 50 cent.

LITHOGRAPHIES — DESSINS

CROQUIS DE CALQUES

175 — Quatre lithographies.

176 — Cerf et panthère. Eau-forte.

177 — Cinq lithographies.

178 — Quatre lithographies.

179 — Tigres et panthères. Dessins.

180 — Paysage. Fusain.

181 — Lion au repos. Dessin.

182 — Lions, tigre et chat sauvage. Dessin.

183 — Tigres et lionne. Dessin.

184 — Figures de femmes. Dessin.

185 — Série d'animaux combattant.

186 — Cerfs et chevaux. Dessin.

187 — Lions et tigre. Dessin.

188 — Lions et tigres. Dessin.

189 — Taureau, zébus. Dessin.

190 — Éléphants. Dessin.

191 — Vautours, cigognes. Dessin.

192 — Taureaux. Dessins.

193 — Aguar aux aguets. Fusain.

194 — Éléphant monté par des Indiens, chasse au tigre. Dessin.

195 — Paysage. Fusain.

196 — Combat de tigres. Dessin.

197 — Cerfs. Dessin.

198 — Jaguar dévorant une gazelle. Fusain.

199 — Cerfs. Dessin.

200 — Paysage. Fusain.

201 — Lions et tigres. Dessin.

202 — Tigres. Dessin.

203 — Lions, tigres et panthères. Dessin.

204 — Tigres, éléphants, panthères, etc. Dessin.

205 — Tigres, panthères et jaguar. Dessin.

206 — Tigre au repos. Dessin.

207 — Cheval. Dessin.

208 — Serpents. Dessin.

209 — Tigres et lion. Dessin.

210 — Éléphants, taureaux et serpents. Dessin.

211 — Cerfs. Dessin.

212 — Tigre, lion et vautours. Dessin.

213 — Série d'animaux. Dessin.

214 — Lions, tigres et jaguar. Dessins.

215 — Tigres. Dessins.

216 — Paysage. Fusain.

217 — Sangliers, lions, hyènes. Dessins.

218 — Lions et lionnes. Dessin.

219 — Tigre jouant. Dessin.

220 — Tigres, panthères, lions, ours. Dessin.

221 — Série d'animaux. Dessin.

222 — Tigres et animaux.

223 — Lions et tigres. Dessins.

224 — Éléphants, dromadaire, tigres. Dessins.

225 — Cerfs et biches. Dessin.

226 — Lions et panthères. Dessins.

227 — Cerfs et biches. Dessins.

228 — Lions, jaguars, chat sauvage. Dessins.

229 — Lions et tigres. Dessins.

230 — Panthère. Dessin.

231 — Lion couché. Dessin.

BRONZES

232 — Le général Bonaparte.

233 — Le duc d'Orléans.

234 — Le duc d'Orléans, avec son socle marbre griotte.

235 — Amazone, costume de 1830. Deux épreuves.

236 — Gaston de Foix.

237 — Charles VII, petite statuette sur un piédestal, et deux candélabres. Bronzes, marbre.

238 — Charles VII. Deux épreuves.

239 — Guerrier tartare sur un socle byzantin.

240 — Guerrier tartare.

241 — Deux cavaliers arabes tuant un lion.

242 — Cavalier arabe tuant un sanglier, avec son socle en marbre noir.

243 — Cavalier arabe tuant un lion, avec un socle-pendule en marbre noir. Bronze et marbre.

244 — Cavalier arabe tuant un lion.

245 — Éléphant monté par un Indien, écrasant un tigre.

246 — Guerrier du Caucase.

247 — Piqueur, costume Louis XV.

248 — Paysan du moyen âge.

249 — Angélique et Roger montés sur l'Hippogriffe, et deux candélabres. Garniture de cheminée, bronze et marbre.

250 — Les Grâces, sur un socle en marbre griotte.

251 — Les Grâces supportant un brûle-parfums.

252 — Minerve. Deux épreuves.

253 — Junon. Deux épreuves.

254 — Thésée combattant le Minotaure, sur un socle en marbre. Deux épreuves.

255 — Singe monté sur un gnou. Deux épreuves.

256 — Ours renversé par des chiens de grandes races. Deux épreuves.

257 — Ours fuyant les chiens. Deux épreuves.

258 — Deux jeunes ours se battant. Cinq épreuves.

259 — Ours monté sur un arbre, mangeant un hibou. Deux épreuves.

260 — Ours debout. Quatre épreuves.

261 — Ours assis.

262 — Ratel dénichant des œufs. Cinq épreuves.

263 — Lévrier couché. Trois épreuves.

264 — Tom, grand lévrier noir d'Algérie. Deux épreuves.

265 — Levrette rapportant un lièvre. Deux épreuves.

266 — Braque et épagneul en arrêt sur des faisans. Quatre épreuves.

267 — Épagneul et braque en arrêt sur des perdrix. Deux épreuves.

268 — Basset assis. Deux épreuves.

269 — Basset debout.

270 — Basset anglais.

271 — Loup tenant un cerf à la gorge. Trois épreuves.

272 — Loup délaissant une proie. Cinq épreuves.

273 — Loup pris au piége. Trois épreuves.

274 — Deux jeunes lions se battant. Deux épreuves.

275 — Lion tenant un guib. Quatre épreuves.

276 — Lion dévorant une biche. Quatre épreuves.

277 — Lion au serpent; petite esquisse du lion des Tuileries. Deux épreuves.

278 — Lion assis, n° 1. Deux épreuves.

279 — Lion assis, n° 2.

280 — Lion assis, n° 3. Trois épreuves.

281 — Lion assis, n° 4; esquisse du lion placé au guichet du palais des Tuileries. Quatre épreuves.

282 — Lionne du Sénégal. Deux épreuves.

283 — Lionne d'Algérie. Deux épreuves.

284 — Lion qui marche, avec son socle-pendule en marbre noir.

285 — Lion qui marche. Huit épreuves.

286 — Tigre qui marche. Six épreuves.

287 — Lion qui marche, nouveau modèle. Deux épreuves.

288 — Tigre qui marche, nouveau modèle.

289 — Tigre surprenant une antilope. Deux épreuves.

290 — Panthère saisissant un cerf. Quatre épreuves.

291 — Tigre surprenant un cerf. Deux épreuves.

292 — Tigre dévorant une gazelle. Trois épreuves.

293 — Panthère couchée.

294 — Panthère de l'Inde, n° 1. Trois épreuves.

295 — Panthère de l'Inde, n° 2. Quatre épreuves.

296 — Panthère de Tunis, n° 1. Deux épreuves.

297 — Panthère de Tunis, n° 2. Cinq épreuves.

298 — Panthère surprenant un zibet. Deux épreuves.

299 — Panthère tenant un cerf muntjac. Trois épreuves.

300 — Jaguar qui marche, n° 1. Cinq épreuves.

301 — Jaguar qui marche. N° 2.

302 — Jaguar debout. Trois épreuves. N° 1.

303 — Jaguar debout. Trois épreuves. N° 2.

304 — Jaguar tenant un caïman.

305 — Jaguar dévorant un agouti. Cinq épreuves.

306 — Jaguar dormant. Quatre épreuves.

307 — Jaguar dévorant un crocodile. Six épreuves.

308 — Ocelot emportant un héron.

309 — Chat. Huit épreuves.

310 — Lapin. Cinquante épreuves.

311 — Lièvre assis. Douze épreuves.

312 — Lièvre effrayé. Treize épreuves.

313 — Éléphant de la Cochinchine. Deux épreuves.

314 — Éléphant du Sénégal. Trois épreuves.

315 — Éléphant d'Asie. Trois épreuves.

316 — Éléphant d'Afrique. Quatre épreuves.

317 — Cheval surpris par un lion. Deux épreuves.

318 — Cheval pur sang.

319 — Cheval demi-sang. Deux épreuves. N° 1.

320 — Cheval demi-sang, la tête baissée. Deux épreuves. N° 1.

321 — Cheval turc. Quatre épreuves.

322 — Cheval turc. Trois épreuves.

323 — Cheval turc, sur un socle en marbre noir.

324 — Cheval percheron. Cinq épreuves.

325 — Hémione.

326 — Dromadaire d'Algérie. N° 1.

327 — Dromadaire d'Algérie. Deux épreuves. N° 2.

328 — Dromadaire harnaché d'Égypte. Deux épreuves.

329 — Dromadaire monté par un Arabe.

330 — Chameau de la Perse.

331 — Élan surpris par un lynx.

332 — Famille de daims. Deux épreuves.

333 — Cerf dix cors terrassé par deux lévriers d'Écosse.

334 — Cerf de France, qui marche. Deux épreuves.

335 — Cerf de France, aux repos. Quatre épreuves.

336 — Cerf de France, qui brame.

337 — Cerf de France, la jambe levée. Deux épreuves.

338 — Famille de cerfs. Trois épreuves.

339 — Cerf dépouillant ses bois contre un arbre. Deux épreuves.

340 — Axis. Quatre épreuves.

341 — Cerf de Java. Deux épreuves.

342 — Cerf axis.

343 — Cerf du Gange. Cinq épreuves.

344 — Cerf de Virginie.

345 — Bouquetin mort. Deux épreuves.

346 — Gazelle d'Éthiopie.

347 — Kevel. Deux épreuves.

348 — Taureau..Deux épreuves.

349 — Taureau cabré saisi par un tigre.

350 — Taureau terrassé par un ours. Trois épreuves.

351 — Petit taureau. Cinq épreuves.

352 — Buffle.

353 — Sanglier blessé.

354 — Aigle tenant un héron, sur socle, pendule en marbre et bronze.

355 — Aigle tenant un héron.

356 — Aigle les ailes étendues. Quatre épreuves.

357 — Aigle tenant un serpent.

358 — Perruche sur un arbre. Trois épreuves.

359 — Faisan ordinaire. Sept épreuves.

360 — Faisan blessé.

361 — Faisan doré de la Chine. Trois épreuves.

362 — Cigogne sur tortue. Cinq épreuves.

363 — Hibou. Six épreuves.

364 — Marabout. Deux épreuves.

365 — Tortue sur terrasse. Trois épreuves.

366 — Tortue. Neuf épreuves. N° 1.

367 — Tortue. Quatorze épreuves. N° 2.

368 — Crocodile. Six épreuves.

369 — Crocodile dévorant une antilope.

370 — Serpent python avalant une biche.

371 — Serpent python enlaçant une gazelle.

372 — Serpent python étouffant un crocodile.

373 — Le lion du zodiaque. Bas-relief. Deux épreuves.

374 — Léopard avec cadre. Bas-relief.

375 — Panthère, avec cadre. Bas-relief. Trois épreuves.

376 — Genette emportant un oiseau, avec cadre. Bas-relief. Quatre épreuves.

377 — Cerf de la Virginie, avec cadre. Bas-relief. Deux épreuves.

378 — Léopard. Bas-relief. Six épreuves.

379 — Panthère. Bas-relief. Six épreuves.

380 — Cerf de la Virginie. Bas-relief. Six épreuves.

381 — Genette emportant un oiseau. Bas-relief. Deux épreuves.

382 — Coupe concave à pieds de faune. Une paire.

383 — Coupe Renaissance. Une paire.

384 — Brûle-parfums décoré de chimères. Deux épreuves.

385 — Brûle-parfums.

386 — Candélabre antique, à trois lumières.

387 — Centaure et Lapithe, socle pendule en marbre, et deux candélabres.

388 — Candélabre composé d'une racine de pavot, ses feuilles et ses fruits, serpent à la tige. Une paire.

389 — Candélabre décoré de groupes d'animaux. Une paire.

390 — Flambeau pied de faune. Deux paires.

391 — Flambeau grec. Quatre paires.

392 — Flambeau décoré de clochettes et de feuillage. Une paire.

393 — Flambeau bout de table. Une paire.

394 — Bougeoir feuilles de lierre. Six épreuves.

395 — Bougeoir feuilles de vigne.

396 — Bougeoir clochettes.

397 — Flambeau pieds de faune avec serpent à la tige. Une paire.

398 — Garde-feu antique.

399 — Garde-feu décoré de deux aigles et d'un crocodile.

400 — Encrier surmonté d'un hibou.

401 — Encrier.

402 — Lion au serpent, n° 1. Trois épreuves.

403 — Lion au serpent, n° 2.

404 — Tigre dévorant un gavial, sur socle-pendule.

405 — Tigre dévorant un gavial, n° 2. Trois épreuves.

406 — Jaguar dévorant un lièvre.

407 — Éléphant écrasant un tigre.

408 — Gnou.

409 — Cheval demi-sang, n° 2. Six épreuves.

410 — Cheval demi-sang, la tête baissée, n° 2. Cinq épreuves.

411 — Cheval turc, n° 3. Quatre épreuves.

412 — Cheval turc, n° 4. Six épreuves.

413 — Taureau cabré. Deux épreuves.

414 — Épagneul en arrêt sur un lapin. Deux épreuves.

415 — Braque en arrêt sur un faisan. Deux épreuves.

416 — Basset anglais, n° 2. Trois épreuves.

417 — Chien braque. Quatre épreuves.

418 — Chien épagneul. Sept épreuves.

419 — Cerf aux écoutes. Trois épreuves.

420 — Daim. Quatre épreuves.

421 — Daine et faon.

422 — Daine couchée. Deux épreuves.

423 — Biche couchée. Trois épreuves.

424 — Faon de cerf. Six épreuves.

425 — Lapins groupés. Trois épreuves.

426 — Élan emportant un lièvre. Deux épreuves.

427 — Fou de Rome, bronze de la Renaissance. Quatre épreuves.

BRONZES

FONDUS SUR LE PLATRE AYANT SERVI DE MODÈLE

428 — Thésée combattant le Minotaure.

429 — Cerf dix cors terrassé par deux lévriers.

430 — Taureau. Deux épreuves.

431 — Lionne debout.

432 — Lion au serpent, n° 2.

433 — Lion au serpent, n° 3.

434 — Tigre dévorant une gazelle.

435 — Cerf qui marche.

436 — Cerf qui écoute.

437 — Chien épagneul.

438 — Faon de cerf.

439 — Cerf de la Virginie. Bas-relief.

440 — Genette emportant un oiseau. Bas-relief.

441 — Jaguar dormant. Épreuve en plomb, fondu sur le plâtre.

442 — Panthère de l'Inde. Épreuve en galvano.

443 — Panthère de Tunis. Épreuve en galvano.

BRONZES INÉDITS

MODÈLES EN PLATRE, MARBRES & CIRES

444 — Cavalier du moyen-âge. Bronze inédit.

445 — Cavalier du moyen âge. Modèle en plâtre.

446 — Serpent python saisissant un gnou à la gorge. Bronze inédit.

447 — Serpent python saisissant un gnou à la gorge. Modèle en plâtre.

448 — Tigre dévorant une antilope. Bronze inédit.

449 — Tigre dévorant une antilope. Modèle plâtre.

450 — Cheval attaqué par un tigre. Bronze inédit.

451 — Cheval attaqué par un tigre. Modèle en plâtre.

452 — Daim terrassé par trois lévriers d'Algérie. Bronze inédit.

453 — Daim terrassé par trois lévriers d'Algérie. Modèle en plâtre.

454 — Daim renversé par deux lévriers. Bronze inédit.

455 — Lion dévorant un sanglier. Bronze inédit.

456 — Lion dévorant un sanglier. Modèle en plâtre.

457 — Néréide arrangeant son collier. Bronze inédit. Deux épreuves.

458 — Néréide arrangeant son collier. Modèle en plâtre.

459 — Ours assis. Bronze inédit. Deux épreuves.

460 — Ours assis. Modèle en plâtre.

461 — Cerf de France. Bronze inédit.

462 — Cerf de France. Modèle en plâtre.

463 — Cerf qui marche. Bronze inédit.

464 — Cerf qui marche. Modèle en plâtre.

465 — Cerf s'élançant. Bronze inédit.

466 — Cerf s'élançant. Modèle en plâtre.

467 — Chimère. Bronze inédit.

468 — Chimère. Modèle en cire.

469 — Cigogne. Bronze inédit.

470 — Cigogne. Modèle en plâtre.

471 — Faisan sur un arbre. Flambeaux bouts de table. Une paire. Bronze inédits.

472 — Faisan sur un arbre. Modèle en plâtre.

473 — Ours dans une auge. Modèle en plâtre.

474 — Panthère couchée, tenant une gazelle. Modèle en plâtre.

475 — Gazelle morte. Modèle en plâtre.

476 — Jaguar. Marbre.

477 — Panthère. Marbre.

478 — Apollon. Bronze unique.

ARTISTES DIVERS

479 — V. Huguenin. — Statuette du général Bonaparte. Bronze.

480 — Debay. — Ève et ses enfants. Bronze.

SCULPTURE PLATRE

481 — Napoléon Ier. Statue équestre, exécutée en bronze pour la ville d'Ajaccio. Demi-grandeur de l'exécution.

482 — Napoléon Ier. Statue équestre. Projet pour la ville de Grenoble.

483 — La Guerre, exécutée en pierre, cour du Louvre. Demi-grandeur de l'exécution. Groupe plâtre.

484 — La Paix, exécutée en pierre, cour du Louvre. Demie grandeur de l'exécution. Groupe plâtre.

485 — La Force protégeant le Travail, exécuté en pierre, cour du Louvre. Demi-grandeur d'exécution. Groupe plâtre.

486 — L'Ordre protégeant les Nations industrielles et savantes, exécuté en pierre, cour du Louvre. Demi-grandeur d'exécution. Groupe plâtre.

487 — Napoléon dominant l'Histoire et les Arts, exécuté en pierre, cour du Louvre. Demi-grandeur d'exécution. Fronton plâtre.

488 — Jeune homme représentant un fleuve, exécuté en pierre, Louvre. Demi-grandeur d'exécution.

489 — Jeune homme représentant un fleuve, exécuté en pierre, Louvre. Demie grandeur d'exécution.

490 — Thésée combattant le centaure Biénor. Groupe plâtre.

491 — Lévrier d'Algérie.

492 — Lion couché.

493 — Lion au serpent, exécuté en bronze, jardin des Tuileries. Demi-grandeur d'exécution.

494 — Tigre dévorant un gavial.

495 — Sainte Clotilde, exécutée en marbre, église de la Madeleine. Demi-grandeur d'exécution. Statue plâtre.

496 — Buste de jeune homme.

497 — Charles VI effrayé dans la forêt du Mans, fondu à cire perdue pour S. A. la princesse Marie d'Orléans. Plâtre doré.

ESQUISSES PLATRE

498 — Napoléon Ier.

499 — Napoléon Ier.

500 — Napoléon Ier en costume héroïque.

501 — Napoléon Ier en costume héroïque.

502 — La Guerre.

503 — La Paix.

504 — La Force protégeant le Travail.

505 — L'Ordre protégeant les Nations industrielles et savantes.

506 — Figure d'homme.

507 — Figure d'homme.

508 — Tigre et cerf, exécutés en pierre pour la ville de Marseille.

509 — Tigre et cerf, exécutés en pierre pour la ville de Marseille.

510 — Lion et sanglier, exécutés en pierre pour la ville de Marseille.

511 — Lion et antilope, exécutés en pierre pour la ville de Marseille.

512 — Ours dénicheur.

513 — Guépard.

514 — Lion assis.

515 — Cavalier surpris par un serpent.

516 — Lion couché.

517 — Lion couché.

518 — Lion de la colonne de Juillet, premier projet. Es-

519 — Éléphant monté par un Indien. Plâtre.

520 — Cavaliers arabes disputant un buffle à un lion et une lionne. Fragment du surtout exécuté pour S. A. R. le duc d'Orléans. Groupe plâtre.

521 — Cavaliers espagnols du xve siècle donnant la chasse à un tauraeu sauvage. Fragment du surtout exécuté pour S. A. R. le duc d'Orléans. Groupe plâtre.

522 — Tête de chimpanzé.

523 — Demay. — Combat de deux tigres et d'un serpent. Plâtre bronzé.

ESQUISSES CIRE

524 — Cheval anglais.

525 — Cheval.

526 — Cheval.

527 — Cheval percheron.

528 — Cheval.

529 — Cheval.

530 — Cheval.

531 — Cheval.

532 — Figure maîtrisant un cheval.

533 — Renommée. Figure équestre.

534 — César figure équestre.

535 — Figure nue, homme.

536 — Figure nue, homme.

537 — Figure nue, femme.

538 — Figure nue, femme.

539 — Général Marceau.

540 — Figure antique.

541 — Figure.

542 — Hercule étouffant un lion. Plâtre retouché à la cire.

543 — Caracal couché sur une branche d'arbre.

544 — Tigre couché.

545 — Tigre couché en sphinx.

546 — Tigre en fureur.

547 — Tigre saisissant un pélican. Plâtre retouché à la cire.

548 — Tigre saisissant un paon. Plâtre retouché à la cire.

549 — Ours sur un arbre.

550 — Girafe.

551 — Grue.

552 — Marabout.

553 — Femme couchée. Esquisse pour une pomme de canne.

ESQUISSES TERRE CUITE

554 — Cheval surpris par un jaguar.

555 — Taureau terrassé par un lion.

556 — Jaguar renversant une antilope.

557 — Ours renversant un daim.

558 — Sanglier attaqué par un tigre.

559 — Jaguar.

560 — Buste de Napoléon 1er. Esquisse terre cuite.

561 — Tigre et cheval combattant.

562 — Cheval attaqué par un tigre.

563 — Saint Sébastien.

564 — Figure couchée.

565 — Figure couchée.

566 — Esquisse. Terre cuite.

567 — Esquisse. Terre cuite.

568 — Esquisse. Terre cuite.

569 — Esquisse. Terre cuite.

570 — Esquisse. Terre cuite.

571 — Esquisse. Terre cuite.

572 — Esquisse. Terre cuite.

573 — Esquisse. Terre cuite.

574 — Esquisse. Terre cuite.

575 — Esquisse. Terre cuite.

576 — Un lot de 40 cadres contenant des dessins cotés et proportions manuscrites. — Et un lot de 70 moulages environ sur nature (animaux).

MODÈLES EN BRONZE

577 — Deux cavaliers arabes tuant un lion.

578 — Cerf dix cors terrassé par deux lévriers d'Ecosse. Modèle en bronze avec son plâtre.

579 — Tigre surprenant une antilope (deux terrasses). Modèle en bronze avec son plâtre.

580 — Thésée combattant le Minotaure. Modèle en bronze avec son plâtre.

581 — Aigle sur un rocher.

582 — Cavalier arabe tuant un sanglier. Modèle en bronze avec son plâtre.

583 — Cheval arabe. Modèle en bronze avec son plâtre.

584 — Jaguar dormant.

585 — Jaguar dévorant un agouti.

586 — Jaguar tenant un caïman. Modèle en bronze avec son plâtre.

587 — Jaguar tenant une tête de cheval. Modèle en bronze avec son plâtre.

588 — Lion dévorant un sanglier. Modèle en bronze avec son plâtre.

589 — Panthère couchée.

590 — Ocelot emportant un héron. Modèle en bronze avec son plâtre.

591 — Sanglier blessé. N° 1. Modèle en bronze avec son plâtre.

592 — Sanglier blessé. N° 2. Modèle en bronze avec son plâtre.

593 — Tigre surprenant un cerf. Modèle en bronze avec son plâtre.

594 — Deux jeunes lions combattant. Modèle en bronze avec son plâtre.

595 — Deux jeunes ours combattant. Modèle en bronze avec son plâtre.

596 — Taureau terrassé par un ours. Modèle en bronze avec son plâtre.

597 — Cheval percheron. Modèle en bronze avec son plâtre.

598 — Lion qui marche. N° 1. Modèle en bronze avec son plâtre.

599 — Tigre qui marche. N° 1. Modèle en bronze avec son plâtre.

600 — Taureau debout. Modèle en bronze avec son plâtre.

601 — Petit taureau. Modèle en bronze avec son plâtre.

602 — Ratel dénichant des œufs. Modèle en bronze avec son plâtre.

603 — Buffle. Modèle en bronze avec son plâtre.

604 — Ours monté sur un arbre, mangeant un hibou. Modèle en bronze avec son plâtre.

605 — Ours assis. Modèle en bronze avec son plâtre.

606 — Hémione. Modèle en bronze avec son plâtre.

607 — Lionne du Sénégal. Modèle en bronze avec son plâtre.

608 — Lionne d'Algérie. Modèle en bronze avec son plâtre.

609 — Jaguar dévorant un crocodile. Modèle en bronze avec son plâtre.

610 — Panthère surprenant un zibet. Modèle en bronze avec son plâtre.

611 — Loup qui marche. Modèle en bronze avec son plâtre.

612 — Levrette rapportant un lièvre. Modèle en bronze avec son plâtre.

613 — Loup pris au piége. Modèle en bronze avec son plâtre.

614 — Jaguar qui marche. N° 1. Modèle en bronze avec son plâtre.

615 — Jaguar qui marche. N° 2.

616 — Jaguar debout. N° 1. Modèle en bronze avec son plâtre.

617 — Jaguar debout. N° 2.

618 — Serpent python étouffant un crocodile. Modèle en bronze avec son plâtre.

619 — Serpent python enlaçant une gazelle. Modèle en bronze avec son plâtre.

620 — Serpent python avalant une biche. Modèle en bronze avec son plâtre.

621 — Crocodile dévorant une antilope. Modèle en bronze avec son plâtre.

622 — Cerf de Virginie.

623 — Lévrier d'Algérie. Modèle en bronze avec son plâtre.

624 — Tigre dévorant une gazelle. Modèle en bronze avec son plâtre.

625 — Lion dévorant une biche. Modèle en bronze avec son plâtre.

626 — Bouquetin mort. Modèle en bronze avec son plâtre.

627 — Elan surpris par un lynx. Modèle en bronze avec son plâtre.

628 — Loup tenant un cerf à la gorge. Modèle en bronze avec son plâtre.

629 — Chameau de la Perse. Modèle en bronze avec son plâtre.

630 — Dromadaire monté par un Arabe. Modèle en bronze avec son plâtre.

631 — Cavalier africain surpris par un serpent. Modèle en bronze avec son plâtre.

632 — Cerf du Gange. Modèle en bronze avec son plâtre.

633 — Cerf de Java. Modèle en bronze avec son plâtre.

634 — Axis. Modèle en bronze avec son plâtre.

635 — Cerf axis. Modèle en bronze avec son plâtre.

636 — Gazelle d'Ethiopie.

637 — Kevel. Modèle en bronze avec son plâtre.

638 — Cerf qui marche.

639 — Cerf au repos.

640 — Cerf la jambe levée. Modèle en bronze avec son plâtre.

641 — Chat assis. Modèle en bronze avec son plâtre.

642 — Aigle emportant un serpent. Modèle en bronze avec son plâtre.

643 — Faisan blessé.

644 — Faisan doré de la Chine. Modèle en bronze avec son plâtre.

645 — Faisan ordinaire, une paire. Modèle en bronze avec son plâtre.

646 — Marabout. Modèle en bronze avec son plâtre.

647 — Crocodile.

648 — Lièvre assis. Modèle en bronze avec sa cire.

649 — Lièvre effrayé.

650 — Lévrier couché. Modèle en bronze avec son plâtre.

651 — Lion au serpent. Esquisse du lion des Tuileries. Modèle en bronze avec son plâtre.

652 — Lion du zodiaque, bas-relief. Modèle en bronze avec son plâtre.

664 — Lion assis. N° 2. Modèle en bronze avec son plâtre.

665 — Lion assis. N° 3. Modèle en bronze avec son plâtre.

666 — Lion assis. N° 4. Esquisse du lion des Tuileries. Modèle en bronze.

667 — Ours debout. N° 1.

668 — Ours debout. N 2. Modèle en bronze avec son plâtre.

678 — Chien basset. Modèle en bronze avec son plâtre.

676 — Chien basset assis. Modèle en bronze avec son plâtre.

680 — Basset assis à longs poils. Modèle en bronze avec son plâtre.

681 — Éléphant d'Afrique. Modèle en bronze avec son plâtre.

682 — Éléphant d'Asie. Modèle en bronze avec son plâtre.

683 — Le duc d'Orléans. Statuette équestre.

684 — Le général Bonaparte. Statuette équestre.

685 — Piqueur, costume Louis XV. Modèle en bronze avec son plâtre.

686 — Cavalier du Caucase. Modèle en bronze avec son plâtre.

687 — Paysan du moyen âge. Modèle en bronze avec son plâtre.

688 — Amazone.

689 — Ours terrassé par des chiens de grandes races. Modèle en bronze avec son plâtre.

690 — Ours fuyant les chiens. Modèle en bronze avec son plâtre.

691 — Gaston de Foix. Modèle en bronze avec son plâtre.

662 — Un lot comprenant : aigle tenant un héron, sur rochers, et un socle faisant garde-feu. Modèles en bronze avec leurs plâtres.

693 — Un lot comprenant : un basset anglais n° 1 et un dito n° 2. Modèles en bronze avec leurs plâtres.

694 — Un lot comprenant : un tigre dévorant un gavial, n° 1, et un dito n° 2. Modèles en bronze avec leurs plâtres.

695 — Un lot comprenant : un cheval demi-sang tête baissée, n° 1, et dito n° 2.

696 — Un lot comprenant : un dromadaire d'Algérie n° 1 et dito n° 2. Modèles en bronze avec leurs plâtres.

697 — Singe monté sur un gnou.

698 — Gnou. Modèle en bronze avec son plâtre.

699 — Lion au serpent. Modèle en bronze avec son plâtre.

700 — Lion des Tuileries. Modèle en bronze avec son plâtre.

701 — Cheval demi-sang. Modèle en bronze avec son plâtre.

702 — Petit cheval demi-sang.

703 — Un lot comprenant : un cheval turc n° 1, dito n° 2, dito n° 3. Modèles en bronze avec leurs plâtres.

704 — Cheval turc.

705 — Un lot comprenant : une panthère de l'Inde, n° 1, dito, n° 2. Modèles en bronze avec leur plâtre.

706 — Un lot comprenant : une panthère de Tunis, n° 1, dito, n° 2. Modèles en bronze avec leur plâtre.

707 — Un lot comprenant une cigogne sur une tortue et une cigogne sur piédouche.

708 — Un lot comprenant : un léopard, bas-relief, dito, avec cadre. Modèles en bronze avec leur plâtre.

709 — Un lot comprenant : une panthère, bas relief, dito, avec cadre. Modèles en bronze avec leur plâtre.

710 — Un lot comprenant : une genette emportant un oiseau, bas-relief, dito, avec cadre. Modèles en bronze avec leur plâtre.

711 — Un lot comprenant : un cerf de Virginie, bas-relief, dito avec cadre. Modèles en bronze avec leur plâtre.

712 — Une paire de lapins.

713 — Une paire de lapins sur terrasse.

714 — Un lot comprenant : une tortue sur terrasse, n° 1, dito, n° 2. Modèles en bronze avec leur plâtre.

715 — Un lot comprenant Thésée combattant le Centaure. avec son socle. Modèles en bronze avec leur plâtre.

716 — Un lot comprenant un guerrier tartare avec son socle.

717 — Encrier.

718 — Un lot comprenant : une famille de daims; une famille de cerfs; un cerf dépouillant ses bois; un milan emportant un lièvre, servant à faire un candélabre; plus, un cerf aux écoutes; une biche couchée avec faon et deux terrasses.

719 — Un lot comprenant un flambeau clochettes et un bougeoir dito.

720 — Un lot comprenant : un candélabre antique, un flambeau avec pieds de faune, et une coupe pieds de faune.

721 — Un lot comprenant : Charles VII sur son socle; un candélabre renaissance; un flambeau bout de table, dito; un flambeau, dito; une coupe et deux bougeoirs, dito. Modèles en bronze et candélabre avec son plâtre.

722 — Un lot comprenant : chiens épagneuls et braques en arrêt devant des oiseaux, formant quatre groupes, plus deux terrasses. Modèles en bronze avec leurs plâtres.

723 — Un lot comprenant : un candélabre grec; un flambeau grec avec médaille de Syracuse.

724 — Candélabre pavots et une paire de perruche sur un arbre. Modèle en bronze avec son plâtre.

725 — Jaguar dévorant un lièvre. Modèle en bronze avec son plâtre.

726 — Un lot contenant : Angélique et Roger sur l'hippogriffe, sur socle, et un candélabre d'accompagnement et un brûle-parfums chimère.

727 — Hibou. Modèle en bronze avec son plâtre.

728 — Garde-feu antique.

729 — Panthère saisissant un cerf, sur terrasse avec profils. Modèle en bronze avec son plâtre. (Le plâtre est incomplet.)

730 — Un lustre renaissance. (Incomplet.)

www.ingramcontent.com/pod-product-compliance
Ingram Content Group UK Ltd.
Pitfield, Milton Keynes, MK11 3LW, UK
UKHW021653260726
13994UKWH00003B/1443